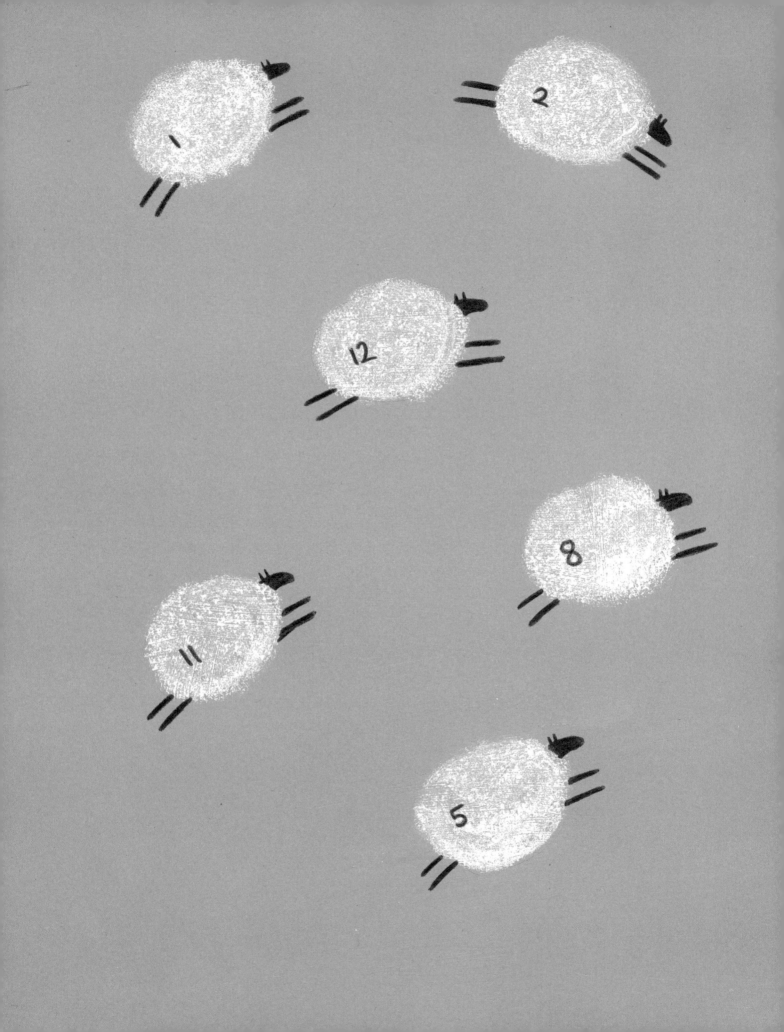

EL PRÍNCIPE NO DUERME

A Stephanie y a su príncipe azul,
David.
¡Feliz vigésimo aniversario! Os quiero,
mamá - J. O.

Dedicado con todo mi amor a Seb,
mi adorable marido - M. L.

Dirección de la colección:
Cristina Concellón

Traducción:
Alberto Jiménez Rioja

Coordinación de la producción:
Elisa Sarsanedas

Publicado por primera vez en Gran Bretaña en 2006 por
Barefoot Books
124 Walcot Street, Bath, BA1 5BG

© *The prince's bedtime*, versión inglesa, 2006,
Barefoot Books
© texto: Joanne Oppenheim
© ilustraciones: Miriam Latimer
© versión castellana: Intermón Oxfam, Roger de Llúria, 15.
08010 Barcelona
Tel 93 482 07 00 - Fax 93 482 07 07
e-mail: info@IntermonOxfam.org

1ª edición: septiembre 2007
ISBN: 978-84-8452-482-3

Impreso en Singapur

Impreso en papel exento de cloro.

En un reino remoto, hace ya mucho tiempo,
al príncipe dormirse le importaba un pimiento.

Su madre, que era reina, lo arropaba entre sedas,
el cocinero galletas le traía, y leche la sirvienta.

Aunque todos se afanaban para que se durmiera,
el niño estos desvelos tomaba a la ligera.

—Así no seguiremos —afirmó el rey severo.
Hace falta curarle, no me importa el dinero.

Por ello un regio edicto proclamó al día siguiente
para que se enterara muy bien la buena gente.

SI ALGUIEN PUEDE SABER
LO QUE HACE FALTA HACER,
QUE SE ACERQUE AL CASTILLO
A DORMIR A ESTE PILLO.

El primero en llegar fue un médico barbudo
con una medicina de lo más macanudo.

El príncipe los labios apretó con denuedo,
la reina le decía que sabía muy bueno.

El príncipe, negando, se tapó con las mantas
y el galeno exclamó: –¡Qué príncipe más plasta!

La reina probó un poco: —Um —dijo— sabe rico,
delicioso me sabe —y se durmió al ratito.

Los miembros de la corte siguieron el ejemplo
y la poción tomaron que les tendió el galeno.

Lamiéndose los labios lo comentaron todos:
—Qué sabroso —dijeron, y durmieron a modo...

Pero el príncipe no, y viendo que roncaban,
dijo: —Duermen como lirones, vaya gente más rara.

A la noche siguiente
     bailarinas le llevaron
y músicos, para ver si
     dormía ese príncipe raro.

Y se dio la señal, y el baile comenzaron,
aunque más que bailar daban saltos y saltos.

Dieron vueltas y vueltas casi la noche entera,
y estaban agotadas, la última y la primera.

Bailaron por doquier hasta las cuatro y cuarto,
pero el rey se enfadó: –¡Parad ya, que estoy harto!

Gruñendo de cansancio cayeron por el suelo
y el príncipe observó: –¡Si parecen mi abuelo!

El próximo en llegar al portón del castillo
fue un mago muy vistoso, de gorro y bigotillo.

—Su majestad —pidió—. Si dais vuestro permiso,
curaré al que no duerme con mi gran hipnotismo.

—Proceded —dijo el rey bostezando—. Haced lo que podáis.

—Intentaré unos trucos, ya que vos me dejáis.

Movió la mano izquierda, susurró unas palabras,
y unas aves muy bellas surgieron de la nada.

Después aparecieron un gran ramo de rosas,
un conejo, está claro, y un caballo. ¡Qué cosas!

–¡Un corcel aquí dentro!

Chilló la reina airada.

–¡Que se lo lleven presto,
no quiero saber nada!

—¡Guardias! —exclamó el rey—. ¡Acercadlo a la puerta!

—¡Ni hablar! —gritó el príncipe—. ¡Quiero dar una vuelta!

A la noche siguiente le dieron, cuando se iba acostar,
un regalo: un edredón relleno de plumas de faisán.

–Señor –les dijo el siervo que traía el presente–,
un príncipe no duerme en algo diferente.

–Pruébalo, muchachito, es blando como nieve;
muy pronto dormirás tal vez hasta las nueve.

El príncipe, feliz, se lanzó al edredón,
y puso tanta fuerza que dio un gran reventón.

—¡ACHÍS! —explotó el rey. —¡ACHÍS! —estornudó su esposa.
Y en unas cuantas horas no limpiaron las cosas.

El príncipe, a carcajadas,
celebró la ocasión,
entre hipidos y risas
y hasta algún lagrimón.

Todos probaron de todo noche tras noche,
pero la confusión crecía a troche y moche.

Ni juegos malabares, ni muecas de bufón:
y en los sabios del reino gran estupefacción.

Y le cantaron nanas y le dieron pasteles,
pero aquel principito no estaba por las mieles.

Una noche de viento, bien pasadas las ocho,
llegó una viejecita con aspecto algo pocho.

–¡Hacedme la merced, sus majestades! –susurró.
–¡Conseguiré que el príncipe se duerma! –aseguró.

–¿Y de qué forma? ¿Vais a bailar? ¿A cantar?
¿Lleváis en esa bolsa algo que os va a ayudar?

—Claro que sé bailar, y adoro las canciones.
Pero lo dejaremos para otras ocasiones.

Hurgando en su capacho sacó un librito
y al príncipe le dijo: —¡Es muy bonito!

—¿Y tiene ilustraciones? —preguntó éste.
—Cuando cierres los ojos podrás verlas si quieres.

Y así lo hizo el principito.
Cerró fuerte los ojos y al ratito...

...dormía como un bendito.

Intermón Oxfam

Intermón Oxfam somos personas que creemos en la justicia, la solidaridad y la paz, y trabajamos para cambiar este mundo. Para ello, cooperamos en **proyectos de desarrollo**, actuamos en **emergencias**, fomentamos el **comercio justo** y promovemos campañas de **sensibilización y movilización social**, sumando nuestro esfuerzo al de las otras 11 ONG de Oxfam Internacional. Juntos combatimos la pobreza y la injusticia.

Col·labora. Participa. Opina
902 330 331 - www.IntermonOxfam.org
info@IntermonOxfam.org